图书在版编目(CIP)数据

尼古拉的三个问题／〔美〕穆特编绘；邢培健译.－海
口：南海出版公司，2009.9
 ISBN 978-7-5442-4262-2

 Ⅰ.尼…　Ⅱ.①穆…②邢…　Ⅲ.图画故事－美国－现代
Ⅳ.I712.85

中国版本图书馆 CIP 数据核字（2008）第 153747 号

著作权合同登记号　　图字:30－2008－045

NIGULA DE SANGE WENTI
尼古拉的三个问题

作　　者	〔美〕琼·穆特		译　　者	邢培健
责任编辑	于姝		内文制作	杨兴艳
丛书策划	新经典文化（www.readinglife.com）			
出版发行	南海出版公司（570206 海南省海口市海秀中路 51 号星华大厦五楼）		电话	（0898）66568511
经　　销	新华书店		印　　刷	北京尚唐印刷包装有限公司
开　　本	889 毫米 × 1194 毫米　1/12		印　　张	$2\frac{2}{3}$
字　　数	5 千		书　　号	ISBN 978-7-5442-4262-2
版　　次	2009 年 10 月第 1 版　2009 年 10 月第 1 次印刷		印　　数	1-8000
定　　价	32.80 元			

献给　尼古拉

有一个小男孩，他的名字叫尼古拉。有时候，尼古拉不太明白怎样做事情才是正确的。

"我想做一个好人。"尼古拉对朋友们说，"可不知道怎样做才最好。"

尼古拉的朋友们都了解他，也很想帮助他。

"如果能找到三个问题的答案，"尼古拉说，"那我就知道该怎么做了。"

什么时候是做事情的最佳时机?

什么人是最重要的人?

什么事是最应该做的事?

尼古拉的朋友们开始思考他的第一个问题。

苍鹭索菲娅说："要想知道做事情的最佳时机，你就要提前做计划。"

猴子果戈理正在翻弄落叶，看看能不能找到好吃的。

他说："只要你仔细观察、事事留意，就会知道的。"

正在打盹儿的小狗普希金翻了个身，站起来说："单凭一个人不可能事事留意，得有一伙人帮你，然后再决定何时是最佳时机。比如……果戈理，椰子要砸到你脑袋上了！"

尼古拉想了一会儿，问了第二个问题：
"什么人是最重要的人？"

"最接近天堂的人。"索菲娅边说边展翅盘旋着飞上天空。

"知道如何治愈痛苦的人。"果戈理摸着被砸疼的脑袋说。

"制定规则的人。"普希金汪汪叫着。

尼古拉又想了想，接着，他问了第三个问题："什么事是最应该做的事？"

"飞翔。"索菲娅说。

"总是开开心心的。"果戈理大笑着说。

"战斗。"普希金马上吼道。

　　小男孩想了很久。他很爱他的朋友们，知道他们都在尽力帮他寻找三个问题的答案。可是他们的回答似乎都不太令人满意。

　　尼古拉有了个主意。"我知道了！"他想，"我去问问乌龟列夫。他已经在世上活了那么久，一定知道我要的答案是什么。"

尼古拉一步一步爬上了老乌龟独自居住的大山。

　　尼古拉爬上山顶时，发现乌龟列夫正在翻菜园。列夫实在太老了，翻地翻得很辛苦。

　　"我有三个问题，想请您帮我找到答案。"尼古拉说，"什么时候是做事情的最佳时机？什么人是最重要的人？什么事是最应该做的事？"

列夫听得很认真，却只是笑了笑，什么也没说。然后继续翻起地来。

"您一定累了吧。"尼古拉说，"让我来。"

列夫把铁锹递给他，说了声"谢谢"。

尼古拉翻起地来可比列夫轻松多了，他翻啊翻，直到把整块地都整理成菜畦了。

工作刚刚完成，天边就吹来一阵狂风，黑压压的云层里落下雨来。

就在他们匆匆忙忙要回小屋去避雨时，尼古拉突然听到有人喊"救命"。

尼古拉沿着小路跑过去，发现一只熊猫被倒下来的大树压伤了腿。

尼古拉小心翼翼地把熊猫抱回列夫的屋子里，还用竹子做了个夹板，将她的腿固定好。

屋外的狂风暴雨狠狠地抽打在门窗上。
熊猫醒了。
"我在哪儿?" 她问,"我的孩子呢?"

尼古拉冲出小屋，顺着小路往前跑。暴风骤雨震耳欲聋。他顶着怒吼的风和瓢泼般的雨向前、向前，一直跑到了密林深处。在那儿，他发现小熊猫正躺在地上冻得瑟瑟发抖。

小熊猫浑身湿透了，被吓得够呛，但是还活着。尼古拉把她抱回来，帮她擦干身子，然后放在熊猫妈妈的怀里，让她暖和起来。

看着尼古拉所做的一切，列夫笑了。

第二天早上，阳光很温暖，小鸟唱着歌，一切都很美好。熊猫的腿恢复得不错，她很感激尼古拉在暴风雨中救了她和孩子。

这时，索菲娅、果戈理和普希金也赶来了，他们一直很担心尼古拉。

尼古拉觉得心里很安宁。他有一群好朋友，他救了熊猫妈妈和她的孩子。但他也有些失望，因为还没有找到三个问题的答案。于是，他又去问列夫。

老乌龟看着小男孩说：
"你的问题已经有了答案啊！"
"有了答案？"小男孩问。

"昨天，如果你没有留下来帮我翻菜园，就不会在暴风雨中听到熊猫的呼救。因此，那时最重要的时刻就是你翻地的时候，最重要的人是我，最重要的事情就是帮我工作。

"接着，当你发现了受伤的熊猫时，最重要的时刻是你治疗她的腿和救她孩子的时候，最重要的人是熊猫和她的孩子，最重要的事情就是照顾她们，确保她们平安。"

"记住，最重要的时刻只有一个，那就是当下；而最重要的人通常是你身边的人；最重要的事就是帮助他们。我的孩子，这便是你要寻找的答案。"

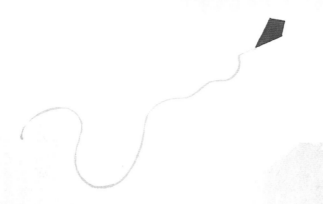

"这也是我们来到世间的原因。"

作者的话

很多年以前，我在越南一行禅师的一本书中看到过《三个问题》。当我第一次读这个故事的时候，感觉心中的一个金铃铛被敲响了，好像在提示我，其实我早就知道这个故事了。有些书就是会给人似曾相识的感觉，而列夫·托尔斯泰的书经常让我感受到这一点。

在原来的故事中，主人公不是小男孩和他的动物朋友，而是一位寻找"三个问题"答案的沙皇。他的冒险经历也有所不同，不是救助熊猫和她的孩子，而是无意中搭救了一个原本企图伤害他的人。两人却因此建立起了深厚的友谊。我鼓励有兴趣探寻人生哲学和处世之道的读者，不妨找来列夫·托尔斯泰美妙的原作一读。

我的这个故事是想讲给孩子们听的，所以跟托尔斯泰的故事有些不同。我想借由这个小故事向托尔斯泰表示敬意，并希望能让他会心一笑。

书中动物的名字出处很多。普希金和果戈理都是俄国著名作家。索菲娅是托尔斯泰夫人的名字。尼古拉是托尔斯泰的弟弟，也是我儿子的名字，我也是以他为蓝本塑造了故事主人公。小狗普希金是依据我的爱犬雷蒙德塑造的。熊猫宝宝是我的女儿阿德莱娜。而充满智慧的老乌龟列夫，当然就是托尔斯泰了。

列夫·托尔斯泰 (1828—1910) 俄国最伟大的作家、最有影响力的伦理学家和社会改革家之一，也是十九世纪杰出的思想家。代表作有《战争与和平》(1865—1869)、《安娜·卡列尼娜》(1875—1877) 等。他的短篇小说《三个问题》发表于1903年。